歌集

歩板《あゆみいた》

三野芳男

砂子屋書房

＊目次

装本・倉本　修

歌集　歩板

あゆみいた

潮浄め

産土に八紘一宇の碑の立ちし昭和十九年　兄征きし年

葬り終え渚にてせし潮浄め今もなせるや島のふるさと

神官の袖に覆いて移したるご神体とはいかなるものぞ

いつの代《よ》へ残す墓石か黙々と石屋は一途に石研ぎており

妻ながく病みいる従兄畑に出で土竜取り金具仕掛けておりぬ

連凧は危うく空に連なりて下ろさるるまで秩序を保つ

癌と知らぬ姉に養生すすむれど遠回しなれば力を持たず

夫婦仲好かりし姉と悪しかりし姉はいずれも老いて寡婦なり

クラス会に出で来ぬ友の幾たりはデイサービスに通うと知りぬ

人付き合い悪しき噂の人なれど里のみ寺に寄進の名あり

生き死ににかかわる仕事は嫌だというこの若者は遠き日のわれ

約束は破らるるものとすでに知る幼は幾度も拳万《げんまん》を強う

彦根城の厩の狭しこの馬に乗りし武将の身丈を思う

出雲路の七福神の詣で札壁に貼りたる舅いま亡し

見はるかす景色うつくしこの地より妻ははるばる嫁ぎて来しか

新年の生きざまの歌読みたりき暮れに逝きにし君と知らずに

何を支えに生きいる友か会うたびに在職中のことのみを言う

あなたこそ私の長生き目標と賀状についに書き添えられぬ

退職の近き上司を死に体と言い放ちたり壮年期われは

ＯＢの電話連絡系統図また縮小す　故人の増えて

マリオネットラインと言える顔の皺鏡のなかに深くなりたり

太刀魚は海の中にて杭のごと立ちて光を放ちいるとぞ

水門に堰かれし町川澱みたる水面の上を走る風見ゆ

十年先の暦

見る限り一面の畑放棄されどこもかしこも雑木の繁茂

正月の餅の代わりに米団子《かんのめ》を神に供する慣いはいまも

見もしらぬ鳥また獣いつよりか島に来居ると人くちぐちに

忘年会あえて望年会と言い人を集めぬ今日の宴に

進め進め兵隊ごっこ競いたるかの日かの時ただなつかしき

博物館に展示されいる明王に賽銭まばらに供えられたり

レプリカの埴輪なれども心足り出でゆくわれがガラスに映る

スーパーの妻につきゆくわれの押すカートは自動追尾のかたち

年明けて『死に臨む態度』*読みおれば妻訝しげに我を見るかも

*上田三四二著

子の遠く住むを知りてか住職は納骨いかにと勧めたまいぬ

生きてさえいれば鮮魚と呼ばれいる魚をときに羨しみており

高層のビルの屋上クレーンの一基ゆらりと月釣らんとす

もしかして生きているかとパソコンに十年先の暦呼び出す

候鳥

いただきし十年日記華やぎの一つもわれに記すことあれ

ポニーテール似会いし少女年老いて見下ろす町のいずくかに住む

答えぬは拒絶をなすの意志なるに声聞えぬかとまたも問われぬ

今日もまた昼の墓原骨相の似たる人らの動く一団

痛みとれし束の間兄は微笑みき命窮まる前の日なりき

定年を待たずに逝きし昭和の兄恩給惜しと人の言うかも

逝きし兄の電気カミソリ棚にありスイッチ押せばかすかに震う

五十年ぶり町に会いたる里人はわれの近況をつぶさに知れり

予期せざる留守番電話につながりてしどろもどろの言葉を残す

妻もまた目覚めおりしか埒もなきわが独り言聞きかえしくる

孤独死の友の面影夢に来て覚めたる後もなかなか去らず

候鳥を旅立たしめし中天に置きたるごとき昼の半月

昭和、平成、過ぎて令和となりにけり空気のごとく慣れてゆきたり

砂と御霊を

水戸に住む長の子の家訪ぬるにさらに北指す雁の行く見ゆ

あの角の凌霄花《のうぜんかずら》垣越えて枝垂るる花のはやも散り初む

朧盆の姉の胃の腑の小さかりしを思いつつ見上ぐ利鎌《とがま》の月を

母の齢遂に越えしと言いいし姉逢いにゆくがに急ぎ逝きたり

川下に見ゆる疎林はとおき日の妻のサナトリウムありしあたりか

自《し》が病負わせて海に流したる雛《ひいな》をいまに妻は恋いおり

百姓一揆の碑《いしぶみ》のこる産土に人ら集いて体操はじむ

幼子の知恵つく速さよ老化にも一っ飛びとうことのあるべし

台風の近づく気配埋め墓の霊屋《たまや》に吊す簾はためく

埋め墓のみ祖を改葬せんと来て砂と御霊《みたま》を壺に入れたり

寄せかえす夕べの潮《うしお》河口よりのぼり来りぬ底力あり

吹かれゆくもののごとしも山峡をのぼりて行けりバスの一台

係累のみな身まかれるふるさとの岬に立ちて波折《なお》りを見つむ

首を吊る形そのままのリハビリを苦しむように楽しむように

今日もまた遺体を運び出だすため病院の裏門朝より開く

過ぎ来しを語り合いつつ友もわれも少し飾りて言えるさみしさ

縮尺雁塔

丘の上に縮尺雁塔建ちていて見下ろすこの町いたく小さし

海境《うなさか》の上に利鎌《とがま》の月ありてかかる風景かの日も見たり

眼に入りし塵を舌もてとりくれし迦陵頻伽《かりょうびんが》を忘れてならず

竈辺《かまどべ》に荒神箒つつましく置かれて祖母は常浄めいき

ながくながく視界失せゆき身まかれる母の眼裏いつの世の我

棺に坐す母俯くを見下ろしてこよなく小《ちさ》しと覚えいるのみ

心肺の蘇生ほどこしいるときに兄はたしかに「はい」と答えぬ

わが姉の位牌の前に嗚咽せし復員兵のその後を知らず

パソコンの辞書のなかにて鳴く鳥のあれはたしかに生きていた声

仕事にのみ心向けいし壮《さだ》のとき勤めたる街親しきはなし

転居せし家の電話の番号のその一つだに覚えておらず

ライバルと競いし友よ職ひきてわれらようやくわれらに戻る

いつ誰に貰いしものか女体彫る竹の耳かき今に使えり

われの後職を退きたる元部下が髭たくわえて鷹揚におり

天心の月

実利のみ求めきしわれか天空の星座の線をいまだ引き得ず

たまたまに昔の上司に遇いたるに覚えいることわれと異なる

なにゆえにかく曲れると姉の背に掌を当つ　あたたかかりき

すがり立つ用のみに使う一脚の椅子が畳の上に置かれつ

言葉のみやさしき医師の説明に惑わされいる姉かと思う

いささかの嘘を交えて書く日記この世素直に生きてはゆけず

知命耳順過ぎてはるけしたまかぎる年月そんなに長くはあらず

孵化をして夕べの星の増えゆくを見詰めてひとり旅の夜ふかす

町川の流れの淀み夜にいりて天心の月深く沈みぬ

細小群竹

海の辺の細小群竹《いささむらたけ》さやぐなか堂一つあり人の出で入る

人住まぬ集落覆う竹藪のひとところ明《あか》し小《ちさ》き墓原

み柩の出でゆくときに茶碗割るむごき慣いの残るこの里

火葬場に続く甃道《いしみち》ながながし光の苑とう庭を横切る

茶毘に付し残れるものがこれしきか魂なんぞあるはずもなし

骨上げを終えたるあとに残るもの掃き集めるを見てしまいたり

波の音高くなりたりみ葬りに賑いていし一日が過ぎて

新しき区画に分家の墓立ちて一人のみなる祖霊しずもる

早苗田を見回る甥の遠く見え一瞬兄かと思ううしろ手

咲くべしと願いてみ墓に供えたる菊の蕾は開かず乾ぶ

走り井の底いに身の透く死に蟹が生けるごとくに上下しており

仏壇のほか家ぬちに花かざらぬつましき里に花畑増ゆ

電柱を生き木のごとく抱きしめて蔦も錯誤の一生《ひとよ》を生きん

身にまとう闇など持たぬ電柱を冷たき風はただにいたぶる

日日草

過疎きわまるふるさと行くに人あらずひいろひいろと鳶の鳴く声

潮の流れ変わりしゆえか遠き日に船発着の砂嘴《さし》は消えいつ

人住まずなりたる家の軒下に「金の成る木」の花あふれ咲く

「取りの賀状」と今年告げ来し人の家雨戸閉めおり今日だけ留守か

その妻より来たる喪中のはがきにて一つの縁《えにし》まったく切れぬ

比翼にと夫婦《めおと》位牌に戒名のまだ一行を良しとせんかな

鉢植えの日日草が己《おの》が身をしぼるごとくに花咲かせいつ

幻電車

われの死を悲しむ者は妻のみと言いいし従兄その妻が病む

奇跡などあるはずなしと言う彼が妻の病にいたく揺れおり

同齢の半分ほどが鬼籍とぞ言われおどろきあたり見回す

健やかに全員がまた会わんかと言う同窓会誰も信ぜず

慶弔を敬弔の欄に変えており今年四月のＯＢ会報

生かされているとう声に振り向けば遺族年金もらう人なり

「毎日が幸せですか」昼日なか「ものみの塔」の人の不意打ち

ふるさとは過疎きわまれば生き死にの風聞さえも耳にとどかず

春の日のけだるき昼のさくら川鵜の二羽しきり水潜りおり

終点の駅のレールの車止めそこ越えてゆけ幻電車

悼中濱敦君

久闊を叙しているなり君とわれ癌病棟の患者となりて

君すでに肺癌を病む肺葉の手術も無事に終えしとぞ聞く

手術終え食欲も常に変わらぬと君は意外にほがらなりけれ

複式の国民学校の同学年「敦《あつ》よ」「芳《よし》よ」と今も呼びあう

背負われて家々を訪《と》う木偶《でこ》恵比寿ひねもす従《つ》きて歩きしことも

分限者の君が持ちいし輪回しの鉄輪《かなわ》をわれはひたに欲りせり

同窓会の君の話は愉快にていつも円居の中心なりき

あしたには退院せんとわれに来て予後の養生誓い合いたり

退院後君唐突に身まかりぬ　まことかしばし信じかねつも

片足を切りたるお前が気がかりと子に言い遺し君は果てしと

そを告ぐる君の子の喪の挨拶に涙溢れてとどまらざりき

通夜葬儀の二日つづきに妻君に大事ないかと気を遣われぬ

病棟にともにありにし君は逝きわれはかく生く罪のごとしも

起き上がり小法師

京の町とゝ見こゝう見しゝつつ何気なく手をあげたればタクシー寄り来

夏の空泰山木の大き花ポッカポッカと空歩みおり

全員が幸せなると思えぬに写真の人ら満面の笑み

小芥子《こけし》とは子を間引きする説ありと何のはずみか思い出だしぬ

ネクタイの結び方などとある朝ふいに忘るることなからんか

眺めよきここは一級の墓地なりと勧める人また聞いているわれ

空を航《ゆ》くあの飛行機に照準をあわせいる者あるかも知れぬ

倒してもすぐ起きあがる「起き上がり小法師」とは誰のことかも

ながく見守る

癌告知受けて出で来ぬ病院の外《と》の面《も》の緑どっと押し寄す

胃潰瘍と一等低き病名を信じて兄も姉も逝きたり

日をおきて手術をされぬ二十日間リストバンドが抜けるほど痩す

骨格の標本のさまの凹凸と手にさわりおり予後のわが身を

健康の秘訣を持ちているのかと人に問われしこともありしに

幼子にもの言うごとく語りかく看護師某をわれは好まず

弱者用の別ボタンある信号機ゆるゆる渡る罪のごとしも

自転車に乗らず乗られぬこの日頃一キロの路の買い物歩き

人去れば止まる仕掛けの噴水と気づかず長くながく見守る

風見鶏

幼きより島に育ちし仲なれば「ああ、芳《よっ》さんか」わが名呼ばれつ

目を離せば酸素の瓶の管を切る噂のありし人と思えず

仕舞つけんばかりにここへ入れられて家族は来ずと訴えられぬ

親切と言うにはあらねエレベーター見舞いのわれにも人の付き添う

正月まで生きてはおれぬと何回もいつものようにまた独り言つ

言葉とは言い当てることひょうひゃくにものな言いそと戒めたりき

ペットにも介護はありとテレビは見す人ならずとも老ゆるはさみし

ホームより帰りゆくときこれの世の最後のごとく手を振りあいぬ

予行

久闊を叙さんと電話掛かれども長広舌に切る機窺う

用いくつ為《な》さんとわが家出で来しに大事の一つまたも抜けたり

遇えば必ず声掛け呉れしかの人がこの頃そ知らぬ顔をしており

禿げ頭となりたる友はこのわれの白髪《しらが》頭をいたく羨しむ

十年の定期預金をする父を笑いし人も今年は傘寿

洗濯の終りを知らすメロディーが妻に聞こえてわれに聞こえぬ

間怠《まだる》しと手話のニュースを見ていしにこの頃見ており寧《むし》ろ好みて

この里の戦死者墓地の桜の樹今年も律儀に花咲かしおり

み仏を象る嬰児の小《ちさ》き墓碑汝《な》が父母は別れ居にけり

死のための予行なるらん夜の来て眠りの襲うこのからだはや

あれは現か

根のあるは墓に植うるなの慣い絶え島の墓原雑木生い立つ

み祖《おや》の骨残したるまま遷されし埋め墓の跡さらなる草木

昭和七年十六名の遭難記事父と兄の名誤記されていつ

酒により命縮めし従兄の墓その妻も逝き盃も消ゆ

かの人の悪しき噂も消えぬべし既に死にしと風の便りに

身のうちに毀れゆくもの何かある飯食《いい》むときに唇嚙むは

脳梗塞かくは治癒すと足けんけん見せたる人も遂にはかなし

八十歳《はちじゅう》は老にはあらず耄なりと生地そのままと人は見るらん

逆光の波止の突端《はな》にて体操する黒き人かげあれは現《うつつ》か

木魚

風凪ぎて騒ぎ静もる篁《たかむら》の竹はおのおの孤立の姿

無音世界行き行くごとしふるさとのこの空の下母は在さず

埋め墓を遷ししあとの均されて濡れたるごとき月の光《かげ》射す

馴染めざる人なりしかど訃報の欄名前見つけて急になつかし

土地売らぬと抗いとおしし老婆逝き忽ち道のつながりてゆく

酒飲めば饒舌になるこのわれの境目あるを妻はよく知る

洋風の暮しはおよそ好まねどわが尻《いさらい》にやさし便座は

僧の叩く木魚は眠気ざましとぞ聞いて何やら楽しこの世も

円　光

泰山木の大き厚き葉一枚がゆらりとわれの足元に落つ

歩板母の手曳きて渡りしがあれが最後の外出《そとで》となりき

行宮跡近きやまみち猪の蚯蚓《みみず》漁りし土の荒れ様

七十代崖なすものを平丘と思い違いの迂闊に気づく

ミイラ展見終えしのちの眼にいたし閻浮檀金《えんぶだごん》の蓮花《はす》の白光

宮柊二の日之影町を忘れ難し日の出町にわれ住み古りて

目の覚めて現ならぬに安堵せり集団交渉に孤立の無援

追贈の役に立てんと寝たきりの人に軍歴調査頼まる

職場にて支えくれたる元部下が日にインシュリン四度打たれおり

「雅弘さん」幾度も言える子の名前嫁の電話に円満らしい

波の音風の響きの渾然と今も鳴りいん島のふるさと

井戸埋むるは不幸招くと蓋をせし人の屋敷もいまは竹叢

流れつく死人のあればその度に島人こぞり騒動をせり

人ならば隣の犬はわが齢にぶき動作のいたく気になる

人違いされいるらしきこのわれを字が上手かったなどと言うのは

人の弱み付け入る行為憎めどもスポーツもまた例外ならず

大過なく定年までを勤めしはただ臆病のためにかあらん

その父の逝きし齢の甥なれば身の不調言い職退きにけり

身の不調聞きつけたるか人の来て新宗教を勧めてやまず

霊験も期限のあるや境内に護符の焼き場の設えありて

本日の功徳これまでと告ぐるごと寺の大門ぴたり閉ざさる

夭折というにあらねど我よりも若き人らの訃報のならぶ

為すべきはあと十年と限りいる己に気づく老いにたりけり

会うときはいつも誰かの葬式に限られているむかし同輩

金柑の花一面に散りしけり広ごる枝の形のままに

ガラス屑混ぜいるらしきアスファルト一瞬燦たりヘッドライトに

五年先花の付かんといただきし山茶花を挿す分身のごと

円光をほのと路面に投げかくるカーブミラーありわが家の前

正月小安

空海の誕生の地に人々は箱型四方の西瓜を作る

戒壇下めぐりいる頭上空海の電脳合成の太き声響《な》る

わが家の沓脱ぎとして位置占むる碾臼《ひきうす》の由来誰も知るなし

家に来て爺《じじい》と呼びて反応をたしかむる孫はやも知恵つく

「超たのしい」「全然ＯＫ」少女子《おとめご》の語彙ひらひらと正月わが家

命かけて競い生きしや千年楠大樹となりて谷埋めおり

月あかりの海をへだててくらぐらと人の散りたる郷里《くに》の島見ゆ

正月と継ぎ目ことさら際立てて攻めゆかんものもはやあらぬに

生きねばならぬ

十年は電池の持つと時計屋はわれにはるけき未来《さき》のこと言う

年々に開きいたりしクラス会すこし休まんと言いだすを待つ

火事を出しふるさと出でしかの人が今日は仏となりて還れり

ざわめきの家ぬちにありて枕経死者のみが身を固くして聴く

無職また七十以上のチェック欄どの届にもこだわりの無し

わが一家の本籍地番に他人住み謂れ知る人既に世になし

体組成計測《はか》る齢は八十まで覚悟はよいかと問われておりぬ

漁船《りょうせん》に己を結わえ遭難の叔父の覚悟に遠く及ばず

わが一生《ひとよ》せわしく背《せな》を押され来て既に出口に並ぶ気のせり

来し方は映さぬ鏡手術終え命ありけり生きねばならぬ

カリヨンの鐘

神、仏、魔物息づくふるさとの今日も一人が不意に消えたる
おおかたは血縁なれば里人は皆寄りあいて葬の列組む

大き寺造営《つく》りしゆえにこの里は疲弊せしとう古老の語る

宝蔵に安置されいるみ仏は背《せい》の高さの順に並びぬ

骨壺の蓋あけ指をさし入れて縁《ふち》持ち墓に納むる見たり

どのような懊悩ありてか桜の樹枝に三つの返り花つく

堤防の石の地蔵は高潮の危険水域の際に立ちいつ

農薬を逃れし蝶の一匹がわが右肩にながくまつわる

わが町にそぐわぬ丘のカリヨンの鐘の音今日は風に乗りくる

写像

晩酌の一合瓶を日ごと買う大家《おおや》の節酒今にして識る

写真一葉遺さぬ父に肖《に》るなどと言いくれし人も今は世に亡し

シルバーカー行く三両の隊列を乱してならぬ里の墓道

老犬のたゆたう足を容赦なく引き擦る人よ少しゆるめよ

特養のエレベーターに乗り込めば突いた突かぬの騒ぎの坩堝《るつぼ》

身のうちの器官それぞれ耐用の年数《とし》を言いたつ近頃のこと

わが残年短しと師は思《おぼ》すらん好きな歌人の歌集を読めと

一・二本白髪のあるを抜かしめしかのとき老いは遥けきかなた

有り難う左様ならと言うべきか子が撮るカメラの写像となりて

今は笑わず

かの人は貴方と同じ歳ぐらい生きているかと問われていたり

身の衰え人に知らゆなことさらに背筋を伸ばす町行くときに

妻はホームに己は犬と住む従兄今日来て見れば犬は死にいき

わが病癒えしと思うにそう長く生きはすまいと人は見ていん

小便を飲めば身の癌消ゆというおかしな本を今日いただきぬ

殺虫剤かぶりて逃げしゴキブリも死なねば病を託《かこ》ちいるらん

予後なれば偶数日のみ酒を断つ　31・1と続く日うれし

金毘羅の一の鳥居の願主《がんじゅ》の名　雷電為右衛門も必死なりけん

海中の岩につく蜷《にな》干満の潮に遅れじと上下しており

昼電車優先席は譲られずわれの外見《そとみ》をよしとせんかな

死ぬるまで生きるはずだと言うことを聞いて笑いき今は笑わず

またどこかで

命惜しと人の言うのはいつまでか甲斐なきことを朝より思う

去年《こぞ》に来し喪中はがきに電話せりもう歳ですからとその子言うかな

少しばかりの遅速はあれど並びいる街路樹はみな葉を落としけり

今年また国民学校の同級生生くる競争一人脱落

ひさしぶり和風便器につくなみてこの家に逝きしおおはは思う

元号の三代を経しおおははを衰えしるきと昔見たりき

八十代今あるわれは孫たちにいかに映るや思うことあり

親子とはかくも似るのか電話の声子と孫しばし取り違えたり

この電話すぐ母さんに替われという父の我そも何ほどのもの

自分史を送りくれたる友とわれ同じ世生きておおかた忘る

「またどこかで」これが最後の同窓会永久《とわ》の別れをわれらしにけり

老いしとて涙のもろくならざるはドライアイのせいかもしれぬ

コロナ禍に読経もあらぬみ葬りに誰も誰もが香多く焼《く》ぶ

見にゆかな

争いも美《は》しきものなれ海と陸　渚一線にせめぎ合い見つ

係留の漁船いずれも人の名のごとき良き名を付けられている

ほそぼそと続く賀状の縁いくつされどしばらくは続けて行かな

最高齢なればと乾杯の音頭とる人はその後無言となりぬ

老犬の腰を紐にて吊り歩む人見たりけりその人も老ゆ

電話呉れるは君だけだとの涙声友はまなくに身まかりにけり

自慢せしその子が今日は君の喪主天寿全うと淀みなく言う

霊柩車に同乗をする君の妻椅子もろともに運ばれゆけり

石地蔵に供えいし米粒ついばめるスズメはもしやみ祖の後生《ごせい》

老次《おいなみ》の目印ならん後輩に生きよ生きよと励まされいつ

骨壺に名を記さずに納めしとうそれがどしたと言う声もする

五十年たてばみ骨を土に撒くかの供養堂今日見にゆかな

われという奴

声変わりはやもせし孫お年玉礼の電話が朝一番に

水を欲る病む兄宥めしいくたびか今に思いて心の痛む

亡き姉に聞きそびれたること多し悔みいるともせんなかるべし

一日を動物園に遊びし孫人に生まれて良かったと言う

甲と乙、口も聞かざる仲なるに何れとも親しわれという奴

マタイ伝昔のごとく響かぬは口語訳なるせいかもしれず

桜はまだ

春来れば目路のかぎりに溢れ咲く桜の花はまだまだ先か

窪の地に遊女ら崇めし稲荷社の社殿も鳥居もなべて血の色

秘めて持つ願いかなえと遊女らの祈りの姿ここにありしか

目睫に迫る瀬戸内靄こめてふるさとの島今日は見えざる

遊郭の構え残れる家ぬちよりセーラー服の少女出で来つ

伝え聞く眞魚《まお》＊の産湯につかいたる井戸ある寺はここより近し

＊「眞魚」は空海の幼名

さくらのときまた会わんかと約せしに友唐突の交通事故死

統計とはおそろしきもの偶々のこの事故死入れ去年《こぞ》と変わらず

出直しの利かぬ歳なりこのままに行くしかわれは許されおらず

踏切を渡る自動車つぎつぎに小バウンドす霊柩車さえ

続きゆく自転車の列は中国の技能実習の青年ならん

祈ぎ事

岬山《さきやま》の仕置場跡のひとたいら引かれるもののごとく来たりぬ

千年の樟は下枝支えられかつがつ生きんいつまでの世を

同僚のノートパソコンの画面の隅遺書という名のアイコンありき

その昔何鳥が放りしものならん樒《しきみ》芽生えて家の軒越す

次第しだい耳聾《し》いてゆくこの頃か誰とも離《さか》る気のしてならず

金毘羅の一の鳥居のここにたち遠き宮居へおくる祈《ね》ぎ事《ごと》

生き継ぐ

身の内に何の懊悩さくらの木発疹様の帰り花付く

ブレーキの利きにくるしむ夢を見つ車をやめるときかも知れぬ

このわれと変わらぬ齢の君なれば諾わんとす来たる訃報を

細々とつながりていし賀状の縁これを限りと断たれたりける

膵臓の癌になりぬと添書きにさあらぬ態の一行ありき

自然へと還りゆかなん無宗教の友の葬りの進みゆくなか

癌病みて死ぬべかりしを生き延びて何なすということもなき日々

会報の訃報の欄にお前の番まだか問わるる気のしてならず

亡き母のいまだこの世に生き居るとホームの姉をときに羨しむ

眼に見ゆるもの見納めと思いつつ旅行く景をわれ鑑賞す

奈良仏都めぐりゆく今日不思議にも生かされいると思う実感

物もらえばお灯明とぞマッチ箱一つを返す里に生き継ぐ

立金花

月一にホームの姉を訪いゆくに義務かと思うことのありけり

樹の命常にはかりし庭師の君昨日唐突に身まかりにけり

伸びるゆえ俺の庭には樹は植えない意想外なる君なりしかど

前の妻とともに去りにし君の子を葬りの席にさがし求めつ

自分史の一冊友より送られぬ知りたし最後のページの後を

ネットにてニュースを読むもキー切れば画面ともども記憶も失せぬ

身のちかき者ほど諍うことおおし一樹のなかの葉擦れする音

わが歳を言えば何事も許さるるものとしなりぬさみしかりけり

頼まれて恋の橋渡し一度せしその後のことは絶えて知らざる

その歳でまだパソコンをいじるのか店の人までわれに言うかな

何あるも奇異にはあらぬ歳なれば身のめぐりなど整えおかな

鉢植えより地におろしたる立金花わっと殖えゆく命継ぐもの

春の嵐

瀬戸の海警報出でしか春嵐いと強うして船の影見ず

あのあたり昭和七年島通いの渡海船《とうかいせん》の遭難場所は

父と兄は二人の甥に志々島の千年の楠見せんとせしか

さはあれど港外わずか一里にて突風うけて船沈みけん

船中の阿鼻叫喚のさながらは思うだに身の毛よだちくるなり

乗船の十六名みながみな海に放られ溺れて死にぬ

死ののちに離れ離れにならぬため四人は紐に繋がれいしとう

紐に繋がれ次々あがる屍見てその哀れさの今に伝わる

夫と子を突如喪いしわが母の嘆き如何にかはかりがたしも

母の胎にすでにありたるこのわれを嬉しみ思う人などなけん

姉二人事故をおそれてそののちを海を拒みて泳がざりけり

われもまた島をうとんじ遠見ゆる地方《じかた》に出でんと幼こころに

父と兄の猫足台座たかき墓碑身の内誰も聞く者あらじ

春嵐いよよつのりて波がしら白馬万頭海馳せていつ

沁みてくるもの

除虫菊ふすべて蚊やりせし日ありうかうかうからなべて生きているとき

長生きをしすぎたりとう物言いに逆縁の言葉またも混じりぬ

夢に見る人らおおかた優しくて諍《いさか》うことのついぞなかりし

余生とう言葉のありぬそういえばたしかにそうだ見るものみんな

盆栽はその枝すべて撓められもう限界と呻きいるなり

誰が病み誰が逝きしと会うたびのわれらの話題慶事はなきか

かの人と最後に言葉かわせしは駅のトイレの朝顔の前

彼岸《あちら》がわ此岸《こちら》側より賑やかと誰か言う声聞こえて来《きた》る

廃校の跡の敷地に太陽光パネル敷かれて森閑と夏

尼を切る伝えのこるる天霧《あまぎり》山の麓につむぐ老いの日日

モミジマークマイカーに貼るを拒む君その存念もいつまでならん

無くなりし物また今日も出でて来つかかる喜び昔なかりき

円かなる老いなどあらず夜のくだち身にしんしんと沁みてくるもの

坂の道

再び は來ることなけん高野《こうや》の町鳥居ある塋《えい》われ鑑賞す

生あるもの必ず死ぬとクマゼミのあの狂騒は泣いているのだ

そういえば長き年月ふるさとのゴロスケホーホー声も聞かなく

露天なる五百羅漢は雨に濡れおどけの態もいといたいたし

レンタルのベッドにせしと親看取る人の漏らすを聞いてしまいぬ

爪は皮膚の死にたるものと聞いてよりじっと見つめて何がな寂し

きょうだいの三人《たり》ともども胃癌病みわれのみかくは生き残りたり

若草の萌ゆる気配の野に満ちて既往の癌の芽吹きはなきや

病重きゆえにか隣りのベッドの人看護詰所の近くへ移る

父の世の倍もながくに生き来しを仕合わせのはず　己を叱る

鳩尾《みぞおち》より両足が直《じか》にはえたると思いつつ歩け　姿勢ただせよ

良いことの続く兆しかマイカーの行く先々は青の信号

老いてゆくだんだんだらら坂の道顔上げゆかな何のあるとも

短歌がひらいた人生の花

玉井清弘

三野さんの「音」入会は平成十三年だという。「音」事務所からの連絡文書で、香川県の新しい会員の名を発見、支部会に出てはどうかと勧誘したのが三野さんとの出会いだった。次回現れた三野さんは私とさほど年齢差もなく温厚な方だった。年齢の近い男性会員は珍しく、その後親しくつきあうことになった。短歌作品にも支部会、誌上で接するようになった。三野さんの作は、なぜか生死をテーマにした作、とりわけ死の影を帯びた作が多い。その後昭和七年生、八歳年上であることも判明。死の意識は年齢によるものだと考えていた。日常接する時の身のこなしは軽快、多度津から高松の支部会に参加する際にも自家用車使用が主だった。会員の個人的な情報は極力訊かないことにしているので、三野さんに関しても情報はほとんどなかった。本人との会話の断片から、父親が海難事故でなくなったということは聞く機会があったが、今回の歌集編集にあたって巻末近くの「春の嵐」は初め届いた時点では省かれていた。二度目の原稿で追加、三野さんの人生を語る時外してはならない作である。この「春の嵐」を見て、いままで知らなかった私の迂闊を恥じるとともに、事の重大さに驚愕した。

瀬戸の海警報出でしか春嵐いと強うして船の影見ず
あのあたり昭和七年島通いの渡海船《とうかいせん》の遭難場所は
父と兄は二人の甥に志々島の千年の楠見せんとせしか
乗船の十六名みながみな海に放られ溺れて死にぬ
死ののちに離れ離れにならぬため四人は紐に繋がれいしとう
夫と子を突如喪いしわが母の嘆き如何にかはかりがたしも
母の胎にすでにありたるこのわれを嬉しみ思う人などなけん

作品は事実を淡々と叙し、作者の内面は表に出ていないが、昭和七年の海難事故のおおよそを理解することができた。当時父、兄は三野家の先祖の地多度津での法要が終った後、神戸から参列した甥二人を居住地の志々島の「千年の楠」へ案内しようとした日の出来事だったらしい。二首目の志々島への渡海船は当時多度津発、出発地の多度津から見える場所で春の嵐にあおられて遭難、四首目の「乗船の十六名」全員死亡、そのうち四人が身内の人だったということになる。その四人が五首目のように死後離れ離れにならないように紐で結びあっていたという。事故のあった「昭和七年」は三野さんの出生の年、七首目のまだ「母の胎」にいた時の出来事だった。そうだったのか、そうだったのかと納得しつつ、事実の重さに慄然とした。この事件が生まれてきた三野さんの人生に大きな影を落としたことは言うまでもない。父は四十歳そこそこ。人生の最も働き盛りの年代。

生計の主体を失ったのちに出生した三野さんは今の小学校、当時の国民学校卒業後、「逓信省四国逓信講習所」へ入所、仕事のかたわら丸亀高等学校通信制、中央大学の法学部通信教育課程を卒業している。NTT四国を経てドコモサービス四国の常務取締役に昇進、定年退職を迎えた。通信教育一筋で開いた人生、スクーリング授業への出席のための困難など、普通の人だったらとっくに途中で投げだしていたと思う道を歩んでいる。通信教育の連続でここまで至るとは努力の人としか言いようがない。

五十年ぶり町に会いたる里人はわれの近況をつぶさに知れり

生まれ育った志々島では話題に上る立志伝中の一人だったはずだ。努力したことを表面には出さない。温厚篤実な人柄である。

退職後短歌を始めてからも、支部会での活動以外に一人で努力して、平成二十三年「音」賞受賞、その後『現代短歌全集』（筑摩書房）を丹念に読破していた。それも明治時代から順序正しく読み進めるという方法、通信教育で身につけた学びだった。

わが残年短しと師は思《おぼ》すらん好きな歌人の歌集を読めと

「師」とは私のこと、三野さんの短歌が現代短歌の流れから外れていくことを案じて、もう少し力を緩める方法を提案した発言だった。

個人的な付き合いが始まって、全国大会の終了後一泊、また別の機会に一泊の旅行などをすることもあった。

彦根城の厩の狭しこの馬に乗りし武将の身丈を思う
ミイラ展見終えしのちの眼にいたし閻浮檀金《えんぶだごん》の蓮花《はす》の白光
奈良仏都めぐりゆく今日不思議にも生かされいると思う実感
再びは來ることなけん高野《こうや》の町鳥居ある塋《えい》われ鑑賞す

一緒に旅した時の作、場所名のない二首目は、岡山のオリエント美術館で「ミイラ展」を見た後の作、後楽園に立ち寄った時の、出会った二つの世界の落差の激しさを表現した作である。あのきらきらした公園の蓮の花の光は私にも記憶がある。

三野さんの生まれ育った志々島を訪問、大楠をぜひ見たいと願いながら実現に至っていない。足を踏み入れてはならない思いがしきりしたのである。この歌集が出版された後、一度訪れてみたいと思っている。志々島は現在住んでいる人は十数名ほどらしいが、戦後多くの住民が居住していて、花の栽培の島として有名であった。私が香川県の教員として愛媛県から赴任、香川県の西部地域に残っている埋葬用と参拝用の墓のある珍しい両墓制が残存している島であることも知った。離島であるため独自の豊かな文化をはぐくんだ島である。家系に胃癌の者が多く、兄姉となくなった人が続いたようだが、末子の三野さんは発見が早く、適切な治療で健在。「音」支部の中でパソコンに詳しい人としても知られ、困った時会員は三野さんに教えてもらっている。二人の息子さんも父親の実像は知らない事が多いのではないだろうか。歌集『歩板』を自分の人生で持てるというような幸運を想像したことはなかっただろう。短歌がひらいた後半の人生の花、個人の喜びだけでなく、こんなひたすらに生きている人がいるのだと読者にも今後の指針をあたえてくれる。三野さんおめでとう。

あとがき

昭和二十二年、国民学校を卒業して、逓信省四国逓信講習所へ入所、卒業後モールス通信士として丸亀郵便局の電報業務に職を奉じました。その後五十年間電気通信関係業務につき、最終のドコモサービス四国㈱において六十五歳の定年を迎えました。

文学の世界に関心はありましたので、退職後地元の短歌会、カルチャー教室に出かけていました。偶然「音」会員の方の歌集を読む機会があり、心ひかれて「音」短歌会に入会いたしました。

私の生まれは、周囲一里に雀の三足足らないと言われる瀬戸内海の志々島でした。そこには昔の風習が色濃くのこり、例えば歌舞伎調の地芝居、耳にする看経、神楽、祝詞などがあり、なんとなく古典の世界に馴染んだ幼少年期を過ごしました。そのときの私を慈しみ育ててくれた、亡き母方の祖母、兄姉の恩は生涯忘れるものではありません。

この歌集名を『歩板』としたのは、ふるさと志々島にいたころ、渡海船には桟橋はなく、砂嘴へかけた細長い板の上を渡って乗下船していました。乗船のときの心躍り、また帰った時の安堵の気持ちは今も心に残っています。また目の見えなくなった母の手をひいて渡ったことなども忘れられません。そんなことからこの歌集名を『歩板』としました。

「音短歌会」に入会後、全国大会に出席して、「音」の皆さまと交流を深めていますが、ただ生前の武川忠一先生にはお会いしながら、言葉を交わす機会のなかったことが、今に惜しまれてなりません。

香川県には玉井清弘先生がおられ、直接ご指導をいただける幸運に恵まれました。また、月一回の香川支部の例会には「音」の選者でもある糸川雅子様、上村典子様もおられ、優れた意見批評を伺うことができる仕合わせも得ました。平成二十三年には思いがけなく「音賞」にも選ばれました。いまはコロナ禍のため例会が休みとなっているのがとても残念です。私は今いたって元気です。が、胃癌の体験もしましたが、早期発見だったので、胃カメラ措置のみに終わりました。しかし気がついてみると、この支部では最年長になっている自分に驚いています。

歌集出版をお勧めいただいた玉井清弘先生に、懇切なご指導と、身にあまる解説をたまわり感謝してもしきれない思いです。

またことあるごとに、歌集発行をおすすめいただいた糸川雅子様、上村典子様、さらには短歌を始めるときに導いてくださった香川県歌人協会、丸亀市民短歌会、善通寺歌話会の方々に厚くお礼を申しあげます。

後になりましたが、この歌集の発行印刷に格別のご援助をいただいた砂子屋書房の田村雅之様、髙橋典子様、装幀の倉本修様に厚く御礼を申し上げます。

三野芳男

令和三年六月一日

歌集　歩板《あゆみいた》　音叢書

二〇二一年八月一日初版発行

著　者　三野芳男
香川県仲多度郡多度津町日の出町一―二〇（〒七六四―〇〇〇六）

発行者　田村雅之

発行所　砂子屋書房
東京都千代田区内神田三―四―七（〒一〇一―〇〇四七）
電話　〇三―三二五六―四七〇八　振替　〇〇一三〇―二―九七六三一
URL http://www.sunagoya.com

組　版　はあどわあく

印　刷　長野印刷商工株式会社

製　本　渋谷文泉閣